Este libro pertenece a:

_____

GRAN COLECCIÓN DISNEY

Adaptación de Lisa Ann Marsoli
Ilustraciones de the Disney Storybook Artists
Diseño de Disney's Global Design Group

Edición de Carolina Barrera Botero
Traducción de Angela María Alfonso
Diagramación de Alexandra Romero Cortina

GRUPO
EDITORIAL
norma

Bogotá, Barcelona, Buenos Aires, Caracas, Guatemala, Lima, México, Miami,
Panamá, Quito, San José, San Juan, San Salvador, Santiago de Chile, Santo Domingo

© 2003 Disney Enterprises, Inc.
Versión en español por Editorial Norma S.A. A.A. 53550, Bogotá, Colombia.
Todos los derechos reservados para Argentina, Bolivia, Chile, Colombia, Costa Rica, El Salvador, Ecuador,
Guatemala, México, Panamá, Paraguay, Perú, Puerto Rico, República Dominicana, Uruguay y Venezuela.
Printed in Colombia. Impreso en Colombia por D'Vinni Editorial.
Octubre de 2003. ISBN 958-04-7658-6

Un Tótem Extraño

Sitka, Denahi y Kenai eran hermanos. Vivieron hace mucho tiempo, cuando el hielo todavía cubría la tierra. Los miembros de su aldea miraban las estrellas en la noche y veían las luces mágicas que bailaban en el cielo. Creían que las luces eran los espíritus de las personas que habían vivido antes que ellos y, ahora, los estaban observando desde arriba.

En las tareas de caza y de pesca, eran los hermanos mayores de Kenai quienes lo observaban. ¡Ellos deseaban que trabajara más y jugara menos!

Sin embargo, Kenai estaba emocionado. Hoy, recibiría su tótem: un pequeño animal tallado en una piedra que dirigiría sus acciones. Más adelante, cuando aprendiera a seguir las enseñanzas de su tótem, podría poner su huella en el muro de la cueva ceremonial, como lo habían hecho todas las generaciones anteriores.

—¡Tu tótem es amor! —anunció Tanana, la anciana de la aldea, entregándole a Kenai un pequeño oso tallado en piedra—. Deja que el amor guíe tus acciones.

Kenai se sintió decepcionado. El tótem de Sitka era el liderazgo del águila y el de Denahi era la sabiduría del lobo. ¿Por qué su tótem no era tan importante como el de sus hermanos?

Después de la ceremonia, los hermanos fueron a traer la cesta de pescados que habían pescado el día anterior. ¡Pero no había pescados en la cesta! Kenai halló algunas huellas de oso que se dirigían hacia el bosque.

—¿Por qué mi tótem es el oso? —preguntó Kenai con enojo—. ¡Los osos no aman a nadie!

En lugar de culpar el oso, Denahi reprendió a Kenai por no atar la cesta de manera segura. Kenai tomó su lanza y se alejó para encontrar al oso. Molesto, Sitka culpó a Denahi por la partida de Kenai.

Sitka estaba preocupado por Kenai. Él y Denahi siguieron al muchacho hacia el bosque. Luego de algunos minutos, oyeron un grito. Los dos hermanos se dirigieron hacia el lugar de donde provenía el grito.

Encontraron a Kenai suspendido de una peligrosa roca que daba a un precipicio. Sitka se inclinó sobre el acantilado y alcanzó la mano de Kenai.

—¡Es mejor que te vayas de aquí! —gritó Kenai.

Había un enorme oso detrás de Sitka.

Denahi le lanzó piedras al oso para que sus hermanos lograran escapar. ¡El plan funcionó! Pero entonces el oso golpeó a Denahi con su pata, y Denahi cayó a través del hielo. Kenai corrió a ayudar a Denahi mientras que Sitka luchaba contra el oso. El enorme animal golpeó a Sitka y se dirigió hacia sus hermanos. Sitka pensó que sus hermanos estaban en peligro y con todas sus fuerzas arrojó su lanza dentro de una grieta de hielo.

Un enorme pedazo de hielo cayó al lado del glaciar.

El oso y Sitka cayeron en el agua fría.

El oso pudo escapar, pero Sitka no lo logró. Esa noche, hubo una ceremonia para despedir a Sitka. Él se uniría a los Grandes Espíritus como un águila. Tanana puso la lanza, el gorro y el tótem del águila de Sitka en el fuego. Denahi miró con tristeza cómo se elevaba el humo hacia el cielo. Pero Kenai no podía sentir nada diferente a la cólera.

—Encontraré a ese oso —anunció Kenai después de la
ceremonia—. Un hombre no puede quedarse sentado aquí sin
hacer nada.

—Matar a un oso no te convierte en un hombre —insistió
Denahi—. ¿Por qué no sigues a tu tótem?

—¿Tú crees realmente que el amor me va a hacer
hombre? —gritó Kenai.

Kenai rompió el oso de piedra, lo arrojó al fuego y salió
corriendo.

Tanana rescató el tótem y se lo entregó a Denahi. Denahi sabía
lo que tenía que hacer. Puso el tótem en su bolsillo y salió
corriendo para detener a Kenai, quien le había tomado una gran
ventaja.

A través de los ojos del Oso

Kenai corrió tan rápidamente como pudo. Sólo se detenía para buscar las huellas que lo conducían al oso. Finalmente, encontró al oso y lo persiguió a través de un barranco rocoso hacia la cima de un acantilado. El muchacho y la bestia se enfrentaron y comenzaron a luchar. Después de una lucha feroz, el oso cayó sobre Kenai justo en el momento en el que el joven levantó su lanza.

Kenai miró al enorme animal. Lleno de cólera, Kenai dejó escapar un grito.

Denahi oyó el grito y corrió hacia el lugar de donde provenía para encontrar a su hermano.

Kenai miró hacia el cielo. Haces de luz caían sobre él y sobre el oso. Kenai intentó correr, pero dondequiera que se dirigiera, la luz permanecía alrededor de él. Tomó su lanza e intentó desvanecer uno de los haces; pero en ese instante observó, sorprendido, cómo la luz vertía el espíritu de un animal y comenzaba a girar alrededor de él.

—¡Sitka! —dijo Kenai de repente.

Kenai miró maravillado cómo el espíritu del águila se posó delante de él.

Con gentileza, Sitka levantó a Kenai por el aire. Mientras que las luces y los espíritus lo rodeaban, Kenai comenzó a cambiar. ¡Se estaba convirtiendo en un oso!

Denahi corrió hasta la cima de la montaña para encontrar a Kenai. En lugar de su hermano, se encontró con un oso que estaba parado al lado de las ropas y de la lanza de Kenai.

De pronto, un relámpago se interpuso entre ellos, y Kenai corrió por el acantilado hacia el río.

Denahi recordó lo que Kenai había dicho:

"Un hombre no puede quedarse sentado aquí sin hacer nada".

Siguiendo el deseo de su hermano, Denahi ató el tótem de Kenai a su lanza y corrió detrás del oso. ¡Él no sabía que el oso era realmente Kenai!

Cuando Kenai finalmente llegó al borde del río,
Tanana lo estaba esperando. Kenai intentó hablarle, pero ella no
le entendía.

—No hablo oso —explicó.

—¿Oso?

Kenai examinó su reflejo en el río y entendió lo que le había
sucedido. ¡Intentó, desesperadamente, pedirle a Tanana que lo
ayudara a convertirse nuevamente en un muchacho!

—Kenai, óyeme. Sitka hizo esto —dijo, intentando
calmarlo—. Si quieres cambiar, habla con el espíritu de tu
hermano. Lo encontrarás en la montaña en donde las luces
tocan la tierra.

Tanana desapareció sin decirle a Kenai en dónde estaba la montaña. Él tendría que encontrar el lugar por sus propios medios. Se encaminó hacia dos hermanos alces llamados Rutt y Tuke para pedir ayuda.

—¡Aaahhh! —gritaron los alces—. ¡Por favor, no nos comas!

Kenai intentó explicarles que él no era realmente un oso.

—Sí, claro —dijo Rutt—, tú eres un gran castor.

Kenai se levantó y se alejó. Él encontraría la montaña de otra manera.

—¡Guush!

¡Kenai había caído en una trampa! ¡Estaba colgando de un árbol!

Mientras luchaba por liberarse, un cachorro de oso llamado Koda apareció.

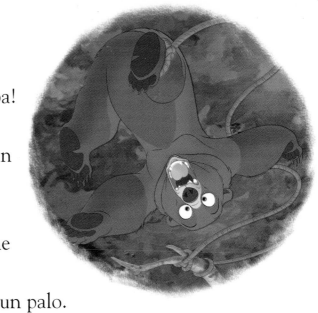

—Necesitas bajar de ahí. ¡Déjame ayudarte! —se ofreció Koda.

Koda comenzó a jalar la red con un palo.

—¡Oh! ¡Detente! —gritó Kenai—. No necesito la ayuda de ningún oso tonto. Yo sólo necesito un palo.

Koda se sentó y observó. Y mientras observaba, hablaba… y hablaba… y hablaba.

Finalmente, después de que, prácticamente, había pasado todo el día, Kenai dejó que el cachorro lo ayudara. Y así lo hizo. ¡Kenai voló por el aire y aterrizó en el suelo, haciendo un estruendoso ruido!

Momentos después, Koda olió el aire. Olía algo… algo peligroso.

—¡Corre! —gritó el cachorro mientras se escondía entre los troncos.

En ese instante, Denahi apareció detrás de un árbol.

—¡Me encontraste! —gritó Kenai con felicidad—. ¡No te imaginas la pesadilla que ha sido todo esto!

Pero todo lo que oía Denahi eran gruñidos de su enemigo, el oso. Levantó su lanza. ¡Kenai entendió rápidamente que iba a ser cazado por su propio hermano!

Kenai corrió hasta llegar a la cueva de hielo en donde Koda se ocultaba. Los dos se sentaron inmóviles mientras que Denahi caminaba sobre el hielo justo encima de sus cabezas.

Finalmente Denahi se alejó. Koda invitó a Kenai a que lo acompañara al gran Salto del Salmón.

—No iré contigo a ningún Salto del Salmón —dijo molesto Kenai.

Pero Koda insistió y le explicó que él había perdido a su madre y que esperaba encontrarla allí.

—¡Vamos! —le dijo—. Hay muchos osos y toneladas de pescado, y todas las noches vemos cómo las luces tocan la montaña.

¡Kenai no lo podía creer! Koda iba al mismo lugar que Kenai deseaba encontrar. El lugar en donde Kenai podría hablar con el espíritu de Sitka y volver a convertirse en humano.

Koda era tan hablador que Kenai no sabía cuánto tiempo podría soportarlo. Pero Kenai estaba decidido a hacer lo que fuera para llegar a la montaña donde las luces tocan la tierra. Tenía que encontrar la manera de volver a ser humano. De esta manera, después de haber tenido una buena noche en la cueva, Kenai y Koda emprendieron camino.

Koda amó cada minuto de su largo viaje. Se sentía seguro viajando con un Gran Oso. Poco a poco, comenzó a ver a Kenai como su hermano mayor. Kenai no estaba del todo feliz de viajar con un molesto cachorro de oso. Pero tenía que admitir que Koda podía ser divertido de vez en cuando.

A lo largo del camino hacia el Salto del Salmón, Rutt y Tuke se unieron a los osos. Los alces habían visto a Denahi y esperaban que Kenai los protegiera del cazador.

—Perdimos al cazador en el glaciar —respondió Kenai.

—¿Ustedes no creen que los está siguiendo? —preguntó Rutt mientras miraba las huellas de los osos.

—Tengo una idea —dijo Kenai al ver a algunos mamuts.

Se subió sobre la espalda de un mamut, como lo hacía cuando era humano. Muy pronto, animales grandes y pequeños estaban cabalgando sobre los mamuts.

Al día siguiente, Kenai y Koda llegaron a una aldea abandonada. Allí encontraron el muro de una cueva cubierto de pinturas tribales. Las huellas en la pared eran iguales a las de la aldea de Kenai.

Una de las pinturas mostraba a un cazador y a un oso. El corazón de Kenai se llenó de rabia hacia los osos al recordar cómo había perdido a Sitka.

—Estos monstruos son realmente temibles —dijo Koda—. En especial, los que tienen estos palos.

Kenai entendió, de pronto, que Koda hablaba de los hombres, no de los osos.

Juntos continuaron su viaje a través del bosque. Finalmente, Koda corrió hacia la cima de una colina y señaló el Valle de Fuego. Sólo se veían los afilados acantilados y una gran nube de vapor.

—El Salto del Salmón no está lejos —dijo Koda—. Sólo debemos atravesar el valle.

Kenai y Koda comenzaron su riesgoso viaje a través del valle. ¡De pronto, una lanza aterrizó muy cerca de Kenai! Era Denahi que estaba exhausto, pero resuelto. Kenai pensó rápidamente y hundió sus garras en la tierra. Hizo un agujero que lanzó una bocanada de vapor e hizo que su hermano cayera hacia atrás.

Kenai alzó a Koda y se dirigió hacia un puente que atravesaba un precipicio profundo. Era la única manera de escapar.

Cuando atravesaban cuidadosamente el puente, Denahi apareció y movió el puente. Kenai pisó mal y él y Koda quedaron colgando del puente. Kenai intentó empujarse hacia arriba y poner a Koda a salvo. Pero Denahi tomó la cuerda que sostenía a Kenai y lo empujó hacia un lado del acantilado con toda su fuerza. ¡Afortunadamente, Kenai saltó justo a tiempo!

Kenai y Denahi se miraron fijamente cada uno a un lado del barranco.

—¿Qué estás haciendo? —le preguntó Koda a Kenai—. ¡Tenemos que salir de aquí!

Justo antes de marcharse, oyeron un grito. ¡Denahi intentaba saltar sobre el barranco! Pero en lugar de alcanzar la otra orilla, cayó y sólo alcanzó a asirse de una cuerda que colgaba. Kenai miró con tristeza cómo Denahi caía en el río. Kenai esperó y esperó hasta que, finalmente, Denahi emergió y asió una cuerda que flotaba. El oso soltó un suspiro de alivio.

Kenai y Koda continuaron su camino hacia el Salto del Salmón.

—¿Por qué nos odian, Kenai? —preguntó Koda.

Kenai intentó explicar que los osos eran animales peligrosos, temibles. Koda no entendía.

—Pero, Kenai, él nos atacó —dijo Koda.

Ambos osos estaban confundidos. De hecho, Kenai había pasado un mal rato al recordar por qué él odiaba tanto a los osos.

Fraternidad

Cuando Kenai y Koda llegaron, finalmente, al Salto del Salmón, un grupo de osos se acercó para saludarlos. Koda estaba encantado. ¡Kenai estaba aterrorizado!

—¡Oye, Tug! —llamó Koda a un oso—. ¿Has visto a mi mamá?

—No. De hecho, nunca la he visto —dijo el gran oso.

Koda presentó a Kenai entre sus amigos.

—Él se comporta de manera extraña —anunció—. Nunca ha afilado sus garras en un árbol. Nunca ha hibernado. Nunca ha…

Kenai puso su pata sobre la boca de Koda.

¡Ese cachorro hablaba, a veces, demasiado!

Todos los osos estaban alrededor de Kenai: luchaban, pescaban, nadaban y hablaban entre ellos.

Al principio, Kenai no sabía qué pensar de ese extraño lugar. No se sentía parte de él. Pero los otros osos le pedían que se quedara. Después de un rato, él entendió que ese lugar era como una aldea para osos.

Con Koda como guía, Kenai, muy pronto, comenzó a divertirse, incluso cuando cayó debajo de una enorme cascada. ¡Kenai se sintió muy orgulloso cuando él y Koda pescaron un salmón! Al final del día, Kenai se sentía parte de la familia.

Después de un largo día de pesca, los osos narraron historias
sobre las aventuras que habían tenido ese verano. Koda contó lo
que había sucedido el día que había perdido a su madre. Su madre
le dijo que se ocultara mientras ella lo defendía de los
"monstruos", quienes la arrinconaron hasta el borde de un glaciar.
Ella cayó al agua helada y se alejó.

—No le sucedió nada, pero fue así como nos
separamos —explicó Koda.

Devastado, Kenai reconoció la historia del día que él había
perdido a su hermano Sitka. ¡Era también la historia de una
madre oso que protegía a su cachorro!

Koda no volvió a ver a su amigo hasta la mañana siguiente. Intentó invitarlo a jugar, pero el oso mayor estaba triste.

—Koda, hice algo muy malo —comenzó a decir Kenai—. Tu madre no va a volver.

Los pequeños ojos del oso se llenaron de lágrimas, y corrió lejos de Kenai.

—Lo siento, Koda —dijo Kenai y miró las pequeñas huellas del oso en la nieve—. Lo siento mucho.

Kenai subió hasta el lugar en donde las luces tocaban la tierra. Él iba a pedirle al espíritu de Sitka que lo convirtiera, de nuevo, en humano.

Denahi lo estaba esperando. No perdió ni un sólo instante en atacar. Pero Kenai no lucharía contra su hermano. De repente, Koda apareció y saltó encima de Denahi. Cuando Denahi giró hacia Koda, Kenai decidió hacer algo para salvar a Koda.

—¡Déjalo en paz! —gritó Kenai corriendo hacia su hermano.

Denahi levantó su lanza y la dirigió hacia el oso.

De repente, un águila grande que brillaba intensamente levantó a Kenai por el aire. Segundos después, el pájaro depositó en el suelo a Kenai. ¡Era un ser humano otra vez! En ese instante, el águila se transformó en Sitka. Por algunos momentos, los tres hermanos estuvieron juntos una vez más.

Koda se escondió detrás de una roca.

—No te asustes. Soy yo —dijo con dulzura Kenai.

Koda corrió a los brazos de Kenai.

Cuando Sitka dio a Kenai su tótem del oso, Kenai recordó lo que Tanana le había dicho cuando él había recibido su tótem del oso:

"Deja que el amor guíe tus acciones".

—Él me necesita —les dijo Kenai a Sitka y a Denahi.

Kenai quería volver a convertirse en oso. Sus hermanos entenderían.

Denahi le puso a Kenai el tótem alrededor del cuello.

—No importa lo que seas, tú siempre serás mi hermano menor —le dijo.

Sitka volvió a transformar a Kenai en un oso. Kenai se volteó para buscar a Koda. El cachorro había encontrado a su madre entre los espíritus. Koda y el espíritu de su madre compartieron un último abrazo.

Sabiendo que todo iba a estar bien, Koda regresó con su nuevo hermano, Kenai. Con Denahi, miraron cómo Sitka y la madre oso regresaban al hermoso cielo sobre la montaña.

Finalmente, Kenai había entendido el poder de su tótem, y había demostrado que él podía amar a todos sus hermanos. Ahora, podría poner su huella al lado de las huellas humanas de los aldeanos en el muro de la cueva. Las huellas les contarían, a las generaciones futuras, la historia de la fraternidad y del amor que conecta a todos los seres vivos.